Marc Degens

Die geraffte Wahrheit dieses Tags

für Tibor

SuKuLTuR
2004

Schöner Lesen Nummer 4
ein SuKuLTuR-Produkt
3. Auflage April 2004 *(1. Auflage 1/1997)*

Druck: DDZ-Berlin
Kontakt: SuKuLTuR
sukultur@satt.org
--> www.sukultur.de

ISBN 3-937737-04-9

„In Wirklichkeit ist jedes Thema interessant,
wenn man erst mal richtig drin ist.“
(Rainald Goetz)

„Man kann, wenn man nicht naiv tut,
alles erzählen, sogar Ideen.“
(Dietmar Dath)

Los geht‘s. Literatur hat mit dem Leben – außer denselben Anfangsbuchstaben und der Verwendung des in der deutschen Sprache am häufigsten benutzten Vokals – wenig gemein, man kann sogar sagen, daß sich die beiden Dinge gegenseitig regelrecht ausschließen. Wieso Dinge und wieso überhaupt? Diesen Fragen will ich im Folgenden nachgehen, obwohl man erschöpfende Antworten wahrscheinlich vergeblich suchen wird.

Mein heutiger Tag begann mit dem Wachwerden. Natürlich begann er eigentlich schon viel früher, ich habe ja geschlafen, wahrscheinlich sogar geträumt, doch der Traum hat mit dem Leben noch weniger gemein als das Leben mit der Literatur, nämlich rein gar nichts. Irgendwann, so gegen halb zehn in der Früh, weckte meine Freundin Tanja und mich der antike Radiowecker, den nicht ich, sondern sie gestellt hatte. Da ich der Mann in unserem Bett bin, obliegt natürlich mir die Aufgabe, aufzustehen, Kaffee zu kochen und mit den dampfenden Tassen zurück zum Bett zu wandern, meine Freundin sanft zärtlich zu wecken und ihr den Kaffeetrog zu reichen. Und wie jeden Morgen wollte ich mich vor der Aufgabe drücken, wandte mich zur Seite und tat so, als ob ich schliefe.

Ein paar Sätze zum Traum, speziell zu meinen Träumen. Schon seit einigen Jahren passiert in ihnen nichts Aufregendes mehr; weder muß ich meinen besten Freund aus den Klauen finsterer Mächte befreien, noch umgarnen mich schöne Frauen, die es nur auf dreckigen Sex abgesehen haben. Nein, all diese

James-Bond-Phantasien sind unwiederbringlich vorbei. Wenn ich träume, dann träume ich nur, daß ich träume, und dies ist selbstredend nicht sonderlich spannend. Aber komisch, denn hierzu fällt mir immer wieder ein wunderschönes Panel aus einem meiner Lieblingscomics ein: Nick Knatterton liegt in seinem Bett und schläft. Eine Gedankenblase zeigt, was er gerade träumt; sie zeigt, daß Nick Knatterton im Bett liegt, schläft und sich eine Gedankenblase macht. Diese Gedankenblase zeigt wiederum Nick Knatterton, der im Bett liegt, schläft, sich eine Gedankenblase macht und so weiter und so fort. Der Zeichner Manfred Schmidt kommentiert diesen Sonderfall für Psychoanalytiker dergestalt, daß Knatterton so konzentriert schläft, daß er im Schlaf träumt, daß er schläft. Ich glaube aber, daß es richtiger wäre, davon zu sprechen, daß Knatterton so konzentriert schläft, daß er im Schlaf träumt, wie er im Schlaf träumt. Wenn er nur im Schlaf davon träumt, daß er schläft, dürfte die erste Gedankenblase ja nur zeigen, daß er schläft; Schmidt unterschlägt mit seiner Kommentierung also die zweite und dritte Gedankenblase. Da ich seit jeher ein erklärter Feind der Zensur bin, muß ich mich an dieser Stelle natürlich gegen die Schmidtsche Gedankenverstümmelung wehren.

Da ich mich gerade gegen Verstümmelungen ausgesprochen habe, obwohl ich nicht glaube, daß eine Unterschlagung der Wahrheit automatisch eine Lüge ist, was ich auch nicht als halbe Wahrheit begreife, sondern vielmehr als geraffte Wahrheit, wobei ich allerdings glaube, daß jede Wahrheit in einem Gespräch oder in einem Text eine geraffte ist, da man ja nun wirklich nicht jedes wahre Detail anführen kann; denn dann müßte die Erzählzeit der erzählten Zeit wenigstens entsprechen, so daß man vor lauter Erzählzeit gar keine erzählte Zeit mehr erleben könnte; da ich mich aber trotz allem gegen Verstümmelungen wehre, muß ich zwangsläufig an dieser Stelle erwähnen, daß das Kochen des Kaffees untrennbar mit dem Füttern unserer beiden Katzen Tibor und Moritz verbunden ist, denn auch das Tier fordert sein Recht. Da ich aber das Füttern der Tiere am frühen Morgen noch nerviger als das Kochen des Kaffees finde, habe ich somit eine weitere Motivation, nicht aufzustehen und keinen Kaffee zu trinken. Hier aber nun beginnt ein Teufelskreis, denn von dem Getöne des Radioweckers werden ja nicht nur meine Freundin und ich wach, sondern auch unsere beiden Katzen, die ihr gutes Recht einfordern, von uns, egal ob von Tanja oder mir, gefüttert zu werden, und die, falls wir ihrem Verlangen nicht augenblicklich nachkommen, unsere Ruhe stören, über das Bett trampeln, merkwürdige Geräusche von sich geben und uns somit nicht mehr weiterschlafen lassen, so daß wir, ob wir wollen oder nicht, wach werden und es bleiben. Da Tanja und ich aber nicht wach bleiben können, ohne eine Tasse Kaffee zu trinken, muß einer von uns beiden aufstehen, diesen zubereiten und gleichzeitig Tibor und Moritz füttern. Insofern bringt es eigentlich nichts, wenn ich mich umdrehe und so tue, als ob ich schlafe, da unsere Katzen diese Täuschungsmanöver einfach übergehen und ihren begründeten Anspruch lautstark nervend einfordern. Damit also sind Tibor und Moritz gleichzeitig Motivation und Demotivation zum Aufstehen, Antreiber und Hemmer. Dies nennt man, glaube ich, Dialektik. Einerseits ist es natürlich sehr schön, schon am frühen Morgen mit einem der Schlüsselbegriffe der Philosophie konfrontiert zu werden, Horkheimer hätte seine helle Freude an Moritz und Tibor gehabt, aber mich kann diese Dialektik kaum erquicken. Außerdem ist die ganze Sache paradox und stinkt gen Himmel, denn wenn ich also frühmorgens weiterschlafen will, muß ich zwangsläufig aufstehen und die Katzen füttern. Dann aber kann ich nicht mehr einschlafen, weil ich schon einmal wach bin und koche so den Kaffee. Wer jetzt einwendet, daß ja auch Tanja die Katzen füttern könnte, den verweise ich auf den vorangegangenen Satz, in dem ich erklärt habe, daß ich der Mann im Bett bin und es mir obliegt, den Kaffee zuzubereiten. Denn natürlich koche ich, bevor ich die Katzen füttere, als erstes den Kaffee – allein um ihnen und mir zu zeigen, daß ich nicht für sie, sondern aus freien Stücken aufgestanden bin –, und erfreue mich währenddessen an den klagenden, flehenden Katzen, die sich natürlich nicht für Kaffee, sondern nur für ihr Futter erwärmen können. Doch wenn sie schon der Grund meines Aufstehens sind, dann müssen sie auch dafür leiden. Natürlich nur eine kurze Zeit, denn irgendwann geht mir auch dieses Jammern gehörig auf die Nerven.

Bei dem Namen der einen Katze, Tibor, der, nebenbei bemerkt, auch Kaffee trinkt, aber nur wenn er welchen ergattern kann, was Tanja und ich zu unterbinden wissen, hat so mancher Leser bestimmt aufgehorcht. Aha, der Degens findet Nick Knatterton gut und nennt seine Katze Tibor, dann ist er bestimmt ein Nostalgiker und obendrein noch Verehrer der Hansrudi-Wäscher-Comics! Die erste Schlußfolgerung kann stimmen, die zweite aber ist blanker Unsinn. Zum einen ist Tibor gar nicht meine, sondern Tanjas Katze. Dennoch hatte ich mit der Benennung der Katze einiges zu schaffen, denn ich unterbreitete Tanja einst den Namensvorschlag, den sie auch beherzigte. Allerdings mögen weder Tanja noch ich Hansrudi Wäscher oder seinen halslosen Urwaldhelden, was uns dennoch nicht davon abhielt, Tibor Tibor zu nennen. Ich heiße ja auch nicht Marc, weil meine Mutter den gleichnamigen römischen Christenverfolger bewunderte. Und Tanja ist auch kein Allerweltsgirl und hat zudem noch den wundervoll wohlklingenden, seltenen Nachnamen Squarr. Diesen finde ich übrigens so schön, daß ich sogar bereit wäre, bei einer eventuellen Hochzeit ihren Namen anzunehmen. Also, falls Sie in nächster oder übernächster Zukunft irgendwo auf einen Marc Squarr treffen, wäre es durchaus möglich, daß ich dieser bin.

Doch genug geredet, die Erzählzeit nimmt überhand und unüberschaubare Ausmaße an, und gerade einmal bin ich wachgeworden, obwohl ich doch noch soviel von eben diesem Tag, der nicht ungewöhnlicher als der gestrige Tag ist, erzählen will, und sicherlich haben Sie keine Lust, die ganze Wahrheit dieses Tags zu lesen, wo ich Ihnen doch im Titel bereits die geraffte Wahrheit versprach. Also gut. Weiter.

Eine letzte Abschweifung muß ich allerdings noch anbringen. Obwohl ich der Mann in unserem Bett bin und mir damit die Aufgabe obliegt, für unsere ausreichende Kaffeeversorgung zu sorgen, kommt es häufiger vor, daß nicht ich, sondern Tanja als erste aufsteht. Dies widerspricht zwar meinem Ehrenkodex, ist aber manchmal unabänderlich.

Heute jedenfalls versuchte ich mich trotz besseren Wissens vor meiner Mannespflicht zu drücken – und hatte Glück, denn das Telefon schellte kurz nach dem Getöne des Radioweckers. Ich wußte sofort, daß dieser Anruf nicht für mich bestimmt war, denn zu dieser ungebührlich frühen Zeit würde es keiner meiner Bekannten, Freunde und Anverwandten wagen, mich zu stören. Überdies erhalte ich selten Anrufe, was auch sehr gut ist, da ich nicht gerne telefoniere. Außer natürlich mit meinen Freunden, doch diese kennen meine Gepflogenheiten und würden mich nur in äußersten Notfällen so früh anrufen. Da sie aber größtenteils sehr weit entfernt wohnen, würden sie in dringlichen Notfällen wohl sowieso nicht mich, sondern einen nahegelegeneren Freund oder Bekannten anrufen und mich erst sehr viel später, zu einer passenderen Zeit, über ihre Notlage in Kenntnis setzen. So konnte der Anruf eigentlich nur für Tanja bestimmt sein, was sie wiederum ahnte, weswegen sie ohne Hadern aufstand und den Hörer abnahm. Und sie vermutete ganz recht: Der frühe Anrufer stellte sich als die Freundin ihres Vaters heraus und wollte nicht mit mir, sondern mit Tanja sprechen. Dadurch vermehrten sich meine Hoffnungen, daß heute Tanja den Kaffee kochen und die Katzen füttern würde, da sie ja bereits aufgestanden war. Doch nach dem relativ kurzen Gespräch ging sie nicht in die Küche, sondern legte sich unverrichteter Dinge zurück ins Bett, was für mich ein klares Indiz dafür war, daß ich aufstehen und den Kaffee kochen sollte.

Doch während ich noch zögerte und das Für und Wider des Aufstehens bedachte, klingelte erneut der Fernsprecher, und wiederum mußte Tanja aufstehen und abnehmen, da die Zeit ja immer noch für ein an mich gerichtetes Telefonat unerhört war. Tatsächlich wollte der Anrufer, ihr Vater, auch nicht mich, sondern sie sprechen. Und nach dem erneut kurzen Telefonat ergab sich Tanja schließlich ihrem Schicksal, ging in die Küche, kochte uns Kaffee und fütterte die Katzen. Jetzt wurde ich rege.

Voller Tatendrang sprang ich auf, öffnete nackt wie Gott mich schuf die Wohnungstür, griff die von einem netten Nachbarn auf unsere Fußmatte gelegte Tageszeitung und legte mich mit ihr zurück ins Bett. Flink durchblätterte ich das Feuilleton und legte es rasch beiseite, da mich keine der Überschriften, auch nicht die siebte Folge des aktuellen Romanvorabdrucks „Finks Krieg“ von Martin Walser, zur Lektüre überreden konnte, obwohl ich Walser eigentlich sehr schätze und bereits ein anderes Prosawerk von ihm scheibchenweise als Vorabdruck in der FAZ gelesen hatte. Dies erwähne ich deshalb, weil ich eigentlich nichts für diese Form der Lektüre übrig habe, denn der wesentliche Vorteil der Literatur gegenüber den Medien Film, Fernsehen und Radio ist die freie Wahl des Lesetempos. Durch die Aufsplittung in kleine Folgen aber entfällt dieser Vorteil. Natürlich könnte ich alle Teile ausschneiden und dann später im selbstbestimmten Tempo lesen, doch da das Diogenes-Syndrom in mir nicht sehr stark ausgeprägt ist, bin ich noch nicht auf diese Idee verfallen. Außerdem würde ich mir das Werk, falls es mich wirklich so brennend interessierte, später als Buch kaufen, insofern ist in mir das Diogenes-Syndrom wohl doch sehr stark ausgeprägt. Allein bei dem ersten und vorletzten Werk, das ich als Vorabdruck in der FAZ gelesen hatte, der dritten oder vierten Folge der Tagebücher „Siebzig verweht“ von Ernst Jünger, störte mich die aufgesplittete Form nicht, da man Tagebuchaufzeichnungen ebenso wie Gedichte nicht *en masse* hintereinander lesen sollte.

Übrigens lassen sich zwei Formen der Tagebuchaufzeichnung unterscheiden. Ernst Jüngers Eintragungen besitzen so gut wie keinen persönlichen Charakter; es scheint, als ob der Greis bei der Abfassung permanent an die spätere Leserschaft dachte und dadurch Schwellen errichtete, die er nicht zu übertreten wagte. Damit aber mißbrauchte er das Forum; statt einen Ausschnitt seines Lebens zu präsentieren, verrichtete er seelenloses Stückwerk: Hier eine kleine Naturbeobachtung, dort eine Lektürebeschreibung, da wiederum ein unausgegorener literarischer Einfall. Daß die Gattung Tagebuch gerade bei älteren Autoren soviel Anklang findet, liegt an dem Umstand, daß sie größere Projekte scheuen, weil der plötzliche Tod sie am Abschluß hindern könnte. Doch alle wirklich überragenden Schriftsteller wissen diese Angst zu überwinden! Die andere Form der Tagebuchaufzeichnung zeigt mein Lieblingsschriftsteller Peter Handke in seinem Journal „Das Gewicht der Welt". Hier sind die Eintragungen dermaßen subjektiv, daß sie eigentlich nicht für eine Veröffentlichung taugen, etwa „Das Kinderohr im Schatten unter den Haaren". Gefühlssplitter reihen sich wie Perlen aneinander und zerfallen trotzdem, da keine Schnur sie hält. Augenblickliche Gedanken lassen sich nicht in Sprache bändigen, sie können höchstenfalls durch sprachliche Übertragungen erzeugt werden. Jeder Leser sollte, statt dieses Buch zu lesen, lieber einen Spaziergang machen. Und Peter Handke hätte ich geraten, anstatt am 7. März 1976 seitenweise Papier mit Wortreihungen wie „Während wir redeten, zogen wir beide Muster ins Tischtuch" oder „Sehnsucht nach dem Stumpfsinn wie nach einem Heimathafen" vollzuschreiben, lieber den Fernseher einzuschalten oder mit einem guten Freund zu telefonieren. Die Aufgabe des Tagebuchs kann nur die sein, zu zeigen, was man am Soundsovielten machte; wie man aber fühlte, dies vermag keine Aufzeichnung wiederzugeben.

Nachdem ich das Feuilleton beiseite gelegt hatte, wandte ich mich dem kompetenten, ungemein lesenswerten Sportteil jener

Zeitung zu, der nur den Nachteil besitzt, daß er so inaktuell ist. Ein Sportereignis, das zum Beispiel am Dienstagabend stattfindet, wird nicht, da der Redaktionsschluß der FAZ sehr früh ist, am Mittwoch besprochen, aber auch nicht am Donnerstag, weil es dafür schon wieder zu spät ist. Deshalb befaßt sich diese Zeitung nicht mit den eigentlichen Leibesübungswettkämpfen, sondern hauptsächlich mit ihrer Rezeption, so daß der Sportteil dieser Zeitung rasch zu der einzigen Sekundärliteratur avancierte, die ich gerne lese.

Als ich beinah jedes Wort jener Rubrik und den Kaffee, den Tanja mir ans Bett brachte, verinnerlicht hatte, stand ich auf und entschied mich für die heutige Musikmatinee. In die engere Auswahl berief ich eine Dean-Martin-Kompilation, den Trauermarsch aus der fünften Symphonie von Gustav Mahler und die 25-Minuten-CD von Tocotronic, die aus der Wahl als Sieger hervorging. Als ich den erwählten Tonträger ergriff, bemerkte ich, daß zwischen Außenhülle und Cover der CD die Eintrittskarte eines von Tanja und mir besuchten Tocotronic-Konzerts klemmte. Dieses Andenken und der Titel der CD, „Nach der verlorenen Zeit“, machten mir schlagartig bewußt, wie alt ich geworden war. Nichtsdestotrotz legte ich die CD auf, und die charmanten und schamlosen Klänge der Hamburger Band versüßten uns den Morgen.

Nach der Hygiene — Zähneputzen plus Deodorierung — und Ankleidung setzte ich mich an den Schreibtisch im Arbeitszimmer und rauchte meine erste Zigarette. Eigentlich rauchen Tanja und ich jeden Morgen im Wohnzimmer gemeinsam unsere erste Zigarette, doch da sie heute über Lungenbeschwerden klagte, verzichteten wir auf diese Gewohnheit, und ich verzog mich mit meiner Zigarette in den anderen Raum. Hier nun hörte ich das lärmende Füllen der Briefkästen durch unseren Postboten. Erwartungsvoll lief ich zum Postkasten und beförderte aus diesem zwei Briefe zu Tage. Ich war sehr erleichtert, denn obwohl ich eigentlich gerne Post erhalte, hat die Briefschuld auf meinem Schreibtisch unerhörte Ausmaße angenommen.

Betrüblicherweise handelt es sich dabei zumeist nur um plumpe Anfragen und/oder dumme Textzusendungen für meine Literaturzeitschrift. Es ist schon sehr verdrießlich, wenn man an manchen Tagen bis zu zehn Briefe von fremden Menschen erhält, die einen mit Fragen und Anliegen überfrachten und die für die Antwortschreiben noch nicht einmal Rückporto beilegen. Wenn ich mich an einen Unbekannten wende, um zum Beispiel meine Texte in seiner Zeitschrift unterzubringen, erwarte ich nur dann eine Antwort, wenn sie entweder positiv ist oder wenn ich Porto für eine Bestätigung oder Rücksendung beigelegt habe. Doch um wildfremden Menschen allein aus Pflicht- und Sendungsbewußtsein zurück zu schreiben, dafür sind mir meine Zeit und meine Briefmarken zu teuer. Eine generelle Antwortpflicht empfinde ich als unsinnig. Aber natürlich schreibe ich gerne mir wichtigen Menschen und manchmal auch von mir verehrten Personen. Um so ärgerlicher ist es dann, wenn überflüssige Antwortschreiben meinen Briefverkehr blockieren, doch ausnahmsweise erhielt ich heute ja nur zwei Briefe. Ich eilte zurück zum Schreibtisch und öffnete sie. Das eine Schreiben kam von einem österreichischen Autor und wurde nach oberflächlicher Lektüre sogleich in einem Ordner namens „Friedhof" abgeheftet, worin es nun würdevoll zerfallen kann. Doch der andere Brief bereitete mir viel Freude, denn Dietmar Dath, ein beinah gleichaltriger und von mir hochgeschätzter Schriftsteller, hatte ihn geschrieben. Über den Inhalt möchte ich nicht viele Worte verlieren, denn immerhin gibt es ja ein Briefgeheimnis, aber an dieser Stelle muß ich doch so viel verraten, daß sein Brief wesentlich mit dazu beigetragen hat, daß dieser Text entstand, denn in Daths Schreiben ging es unter anderem um die immense Bedeutung des Erzählens.

Sicherlich wird sich der ein oder andere Leser, wenn er mit seiner Lektüre bis hierhin vordrang, die Frage stellen, warum ich die geraffte Wahrheit dieses Tags überhaupt niederschreibe, denn etwas Außerordentliches habe ich heute nicht erlebt, wie man später noch lesen wird; ja generell fragen mich immer wieder Leser, warum ich ausgerechnet eine Vielzahl meiner persönlichen Erlebnisse, die weder zeitgeschichtlich besonders relevant, noch wahrscheinlich außergewöhnlicher oder amüsanter als die Erlebnisse Millionen anderer Menschen sind, literarisch verarbeite. Die Annahme, daß sie repräsentative Funktionen besitzen und ich mit ihnen etwa meine Generation oder die bundesdeutsche Nachwendewirklichkeit beschreiben will, ist falsch, da ich an meine Individualität und Originalität glaube. Noch sehe ich in diesen Texten Symbole für übergeordnete Dinge oder gar selbstgeschaffene Wahrzeichen eines Genies. Vielmehr hat diese meine autobiographische Literatur nur eine Funktion: Literatur zu sein. Es ist ein Irrtum zu glauben, daß sie von dem Leben diktiert würde; kein einziger Satz wurde mir souffliert, jedes Wort, jedes Satzzeichen habe ich selber angeordnet und niedergeschrieben. Mein Leben bot mir hierfür nur einen groben Handlungsstrang – einen Aufhänger für meine Erzählungen, mehr nicht. In der fiktionalen Literatur kann ich zwar durchaus über mich schreiben, doch in meinen autobiographischen Texten bin ich nie mein Thema. In ihr steht allein das Erzählen im Vordergrund, also „das Allerwichtigste“ (Dath).

Nachdem ich meine Post sorgsam gelesen hatte, bestückte ich meinen unverzichtbaren Reisebeutel. Dieser enthält neben einigen Schreibutensilien einen Essener Stadtfahrplan, meine aktuelle Lektüre und einen sogenannten „Schlemmerroman“. Ein „Schlemmerroman“ ist ein monumentales Prosawerk, das ich langfristig und peu à peu je nach Lust und Gelegenheit lese, also nicht am Stück verschlinge, sondern von dem ich genußvoll ohne Zwang immer wieder gern einen Happen koste. Den ersten „Schlemmerroman“ – den „Ulysses“ von James Joyce – trug ich etwa vier Jahre lang bei mir, ohne ihn schließlich beendet zu haben. Vor zwei Jahren tauschte ich ihn gegen den „Mann ohne Eigenschaften“ von Robert Musil aus. Ich halte es für ratsam, daß man solche bibelhaften Sprachgiganten, deren Entstehung Jahrzehnte in Anspruch nahm, nicht flink wie ein ordinäres Belletristikwerk verschlingt, sondern ihnen ein angemessenes Lektüreverhalten entgegenbringt. Im Grunde genommen sind diese Romane ja auch ausschließlich für Schriftsteller und Literaturwissenschaftler geschrieben worden, da in ihnen Sprache und Erzähltheorien die eigentliche Handlung überdecken. Inhaltlich unterscheiden sie sich nicht wesentlich von einem Grusel- oder Liebesgroschenheft oder einem philosophischen Traktat, ihre überragende Größe liegt allein in der Form. Überhaupt unterscheiden sich unsere Leben qualitativ kaum voneinander; es gibt keine Menschen, die intensiver oder bewußter als andere leben. Unterschiede existieren nur in der jeweiligen Beschreibung, doch es ist ein Irrtum zu glauben, daß bessere Beschreibungen besseres Leben erzeugen. Leben bleibt immer menschlich, also allzumenschlich. Und wenn tatsächlich eine höhere Daseinsform existiert, dann kann es nur die eines religiösen Nirwanas sein, das automatisch in eine Sprachlosigkeit, in ein Schweigen mündet.

Eigentlich plante ich, morgen für ein verlängertes Wochenende nach Berlin zu reisen, um dort einer Ausstellungseröffnung von Renée French und Jim Woodring beizuwohnen und ein paar liebe Freunde zu besuchen, doch leider muß ich diese Reise verschieben, da meine augenblicklichen Finanzkapazitäten dieses Unternehmen nicht zulassen. Ich war — mit anderen Worten — heute morgen noch völlig pleite. Meine Großmutter hatte mir zwar generös in Aussicht gestellt, daß ich als Reisekostenzuschuß ihren Vorrat an gesammelten Groschen und Fünfpfennigstücken plündern dürfe, jedoch war mir von vornherein klar, daß diese Spende nicht für eine Berlinreise ausreichen würde. Trotzdem wollte ich meine Oma besuchen und um ihre Kleinmünzensammlung erleichtern.

Ohne Frühstück, da ich so rasch nach dem Aufstehen noch nichts essen kann, und mit meinem Reisebeutel verließ ich, kurz bevor Tanja ihre Aushilfstätigkeit in einem schwedischen Bekleidungsgeschäft antreten mußte, die gemeinsame Wohnung. Auf dem Weg zur Bushaltestelle und während des dortigen Wartens dachte ich über eine neue Kurzgeschichte nach. Diese sollte von einem Dokumentarfilm über Robert Crumb inspiriert werden, der in diesem unter anderem sinngemäß sagt, daß er mehrmals am Tag zu seinen Zeichnungen onanieren muß. Diese Ambivalenz zwischen Kreativität und Selbstbefriedung wollte ich thematisieren. Im Bus sann ich über einen passenden Titel für diese Erzählung nach und variierte die Begriffe „Gunst", „Kunst" und „Dunst". Als ich schließlich am Borbecker Bahnhof ausstieg und dort den Zug ins Münsterland erwartete, hatte ich im Geiste die Überschrift „Im Dunst der Kunstgunst" formuliert.

Wenige Minuten später lief der ersehnte Zug keuchend ein. Ich setzte mich in ein Nichtraucherabteil, holte meine aktuelle, kurz vor dem Abschluß stehende Lektüre – „Geht in Ordnung – sowieso – – genau – – –", den zweiten Teil der Romantrilogie von Eckhard Henscheid – hervor und begann begeistert darin weiter zu lesen. Übrigens besitze ich für Fernzugreisen auch ein spezielles Buch, nämlich „Wolpertinger oder Das Blau" von Alban Nikolai Herbst, das ich bis jetzt ausschließlich im InterCity gelesen habe. Da ich jedoch aus Kostenersparnis, im Gegensatz zu früher, kaum mehr längere Bahnreisen antrete und heute verstärkt auf Mitfahrgelegenheiten zurückgreife, ist die Lektüre dieses dicken Wälzers in den letzten beiden Jahren vehement ins Stocken geraten. Trotz allem bleibe ich meinen einst aufgestellten Prinzipien treu und lese dieses Buch nicht etwa in Nahverkehrszügen weiter, sondern warte auf bessere Zeiten.

Als der Zug dann in meinem Zielbahnhof hielt, unterbrach ich leicht säuerlich meine amüsante Lektüre, stieg aus und ging schnurstracks die paar Schritte von den Gleisen zum elterlichen

Haus, das nach meinem Auszug nun auch meine Oma bewohnt. Meine Großmutter erwartete mich schon, öffnete die Tür und bat mich hinein. Nach der warmherzigen Begrüßung und einigen obligatorischen Fragen zu ihrer Gesundheit und ihrem Wohlbefinden bereitete sie mir ein köstliches Frühstück, dem ich mich ausgiebig hingab. Satt und zufrieden setzte ich mich hiernach ins Wohnzimmer, in das sich nach dem Abwasch auch meine Oma gesellte und wo wir alsdann einige Zigaretten rauchten, Kaffee tranken, sanft plauderten und munter zwischen MTV und VIVA hin- und herzappten. Nach zwei Stunden und der Aushändigung des in einem Gefrierbeutel zwischengelagerten Kleingelds — schätzungsweise fünfzig Mark — und eines gesonderten Zwanzigmarkscheins verabschiedete ich mich dankbar, machte ihr das Versprechen, in Berlin gut auf mich achtzugeben, lief zum Bahnhof und trat die Heimreise an.

Durch diese Aktion, die insgesamt vier Stunden dauerte — zwei Stunden An- und Abfahrt, zwei Stunden Aufenthalt — erwirtschaftete ich etwa siebzig Mark, was einem lukrativen Stundenlohn von 17 Mark fünfzig entspricht. Für weit weniger Geld hatte ich des öfteren schon viel unangenehmere Arbeiten, etwa Fabrik- oder Bauarbeitertätigkeiten verrichtet, so daß ich nun rundum zufrieden sein konnte und es auch war.

Im Zug sann ich darüber nach, ob es bereits Vermittlungsbüros von Höflichkeitsbesuchen junger Menschen für ältere, alleinstehende Menschen gibt, – Rent-A-Relation, natürlich gegen ein kleines Taschengeld und Kost und Logis — und wie man ein solches gründen könnte. Wenn ich irgendwann einmal meinen Traum verwirklichen und mit meinem besten Freund ein kleines Berliner Ladenlokal beziehen sollte, in dem wir den ganzen Tag herumsitzen, Gebrauchstexte, Werbungen und sonstiges entwerfen, Kuriositäten ausstellen und merkwürdigen Plunder verkaufen, also irgendwie versuchen, die monatliche Miete zu erwirtschaften, dann sollten wir unbedingt auch diese

Dienstleistung anbieten; vielleicht würde sie uns zum endgültigen Durchbruch verhelfen und die Türen in die höchsten Sphären der *high society* öffnen.

Nach einer kurzen Phase des Träumens und Abschweifens konzentrierte ich mich wieder auf meine Lektüre. Währenddessen entwickelte ich einen ungeheuren Bierdurst, da der Roman die dem Fränkischen eigentümliche Versoffen- und Versumpftheit, für deren Authentizität sich ein in Erlangen geborener und aufgewachsener Freund von mir verbürgt, bezaubernd realistisch einfängt. Ich kenne kein Werk, das so anregend wie jenes von Henscheid ist und dermaßen verführerisch zum uneingeschränkten Alkoholkonsum animiert. Zwischen den Zeilen lief mir ununterbrochen das Bier im Munde zusammen; ja, es schien, als ob Bacchus höchstpersönlich diese trunkene Ode an Rausch und Delirium verfaßt hatte. Ich spielte, in Borbeck ausgestiegen, mit dem Gedanken, die nahegelegene *Stern Pils*-Brauerei aufzusuchen und mich gänzlich dem Biergenuß hinzugeben, nahm von dem Plan allerdings Abstand, da ich ungern allein trinke und zudem heute noch etwas schreiben wollte. Daß ich schließlich diesen Text abfassen würde, ahnte ich zu jenem Zeitpunkt noch nicht.

Da meine Barschaft größtenteils aus Fünf- und Zehnpfennigstücken bestand, ging ich als erstes in die Borbecker Sparkassenfiliale, um dort einen Teil meines Vermögens in Silbergeld zu veredeln. An einem Schalter ließ ich mir einen manuellen Münzzähler und Unmengen von Rollenpapier aushändigen. Ich plante, zwanzig Mark sorgsam zu bündeln und dann einzutauschen, gab aber bereits nach kurzer Zeit entnervt dieses Vorhaben auf, da ich mich bei dieser Tätigkeit auffallend ungeschickt anstellte. Immer wenn ich im Zähler fünfzig Münzen abgezählt und zwischen Daumen und Zeigefinger aufnehmen wollte, barsten die Türme, vermischten sich mit dem restlichen Kleingeld, so daß ich mit dem Sortieren wieder von vorne anfangen konnte. Nach drei Fehlversuchen entschloß ich mich deshalb, bei meinem weiteren Vorgehen auf den Münzzähler zu verzichten, was mein Treiben auch nur unwesentlich verzögerte. Am schrecklichsten jedoch war das eigentliche Rollen. Entweder kippten die Münzen an einem der beiden Papierenden wie Dominosteine um oder aber ich drehte ein Luftpolster mit ein; doch egal welches Mißgeschick mir passierte, ich konnte jedes Mal von neuem mit meinem Handwerk beginnen. Schließlich, etwa nach einer halben Stunde, nachdem mein Hemd salzschweißdurchtränkt und mein Gemüt so finster wie ein unbeleuchteter, fensterloser Kohlenkeller war, hatte ich drei Rollen fertig. Zwei Zehn- und eine Fünfpfennigrolle. Ich versah sie mit meiner Kontonummer und ging zum Schalter. Der dort bedienende Bankangestellte weigerte sich anfänglich, meine eingedrehten Münzen einzutauschen, bemäkelte den nicht ordnungsgemäßen Zustand meiner Rollen, die tatsächlich die quabbelige Form einer Wurst hatten, vollzog aber nach einer meinerseitigen häßlichen Schimpfkanonade doch noch die Metamorphose und händigte mir zum Schluß einen Zehnmarkschein, ein Zweimark- und ein Fünfzigpfennigstück aus. So besaß ich nun zweiunddreißig Mark fünfzig in Groß- und immer noch Unmassen von Kleingeld.

Man könnte jetzt sicherlich die Vermutung anstellen, daß der vorherige Erzählabschnitt belegen soll, daß ich ein unpraktischer Mensch bin, was wiederum dem Klischee gerecht wird, daß schrifterstellende Menschen (und Komponisten, Bildhauer, Chemiker, Altphilologen, Mathematiker...) dem einfachen Leben oftmals hilflos gegenüber stehen. Dies sehe ich anders. Denn obwohl ich keine Steckdosen anschließen, keine Zündkerzen an einem Automobil auswechseln, keine Decke verputzen, keine Fliesen verlegen und Münzen nicht stramm und ordnungsgemäß rollen kann, besitze ich andersgeartete Talente, die das alltägliche Dasein ungemein erleichtern und eventuell in der Lebensendabrechnung viel schwerer wiegen, so zum Beispiel die hohe Kunst des Beschwerde- und Einspruchschreibens, die mir bereits etliche

Unkosten für begangene Ordnungswidrigkeiten ersparte. Und was nutzt einem etwa die Fähigkeit, die Wohnungswände wunderbar tapezieren zu können, wenn man sich gegen die spätere Räumungsklage nicht zu wehren weiß? Boris Becker gewann seine drei Wimbledontitel ja auch nicht, weil er seinen Schläger trefflich zu bespannen wußte.

Mit dem für meine Verhältnisse kleinen Vermögen ging ich in die einzige Borbecker Buchhandlung, die wie fast jedes Monopol Inkompetenz und Unfreundlichkeit vortrefflich paart. Dort bestellte ich zwei Bücher, die selbstverständlich in dem feilgebotenen miserablen Sortiment nicht vorrätig waren: „Zeno Cosini" von Italo Svevo und „Das Leben" von Georges Perec. Da ich aber unbedingt mit vollen Händen nach Hause kommen wollte, klaute ich aus der vor der Lokalität ausgestellten Ramschkiste unbemerkt zwei Mängelexemplare von Jaques Roubaud. Es war nicht so, daß mich die beiden Taschenbücher sonderlich interessierten; ja bei einer öffentlichen Lesung des Autors, der ich vor etwa einem Jahr beiwohnte, bin ich beinah sogar eingeschlafen. Doch dies lag viel weniger an Roubaud, als vielmehr an den typischen Charakter von Lesungen. Obwohl ich meine literarischen Texte häufig in der Öffentlichkeit vortrage, empfinde ich den Veranstaltungstypus heutzutage als anachronistisch. Literatur, insbesondere Lyrik, läßt sich in ihrem ganzen Gehalt nur durch die eigene, selbstbestimmte Lektüre erfassen. Mein Hauptantrieb zu dem jeweiligen Besuch der Veranstaltungen war bislang einzig immer die Neugier auf das Auftreten des jeweiligen Autors gewesen; doch anstatt seine Texte vorzutragen, hätte er ebensogut seine Steuererklärung ausfüllen oder sein Leibgericht zubereiten können. Allein humoristische Texte können in einer Lesung ihren wahren Wert entfalten, doch dies hängt extrem von dem jeweiligen Lesenden ab. Bis jetzt habe ich erst einen Vortragskünstler kennengelernt, der die hohe Kunst des öffentlichen Lesens wirklich verstand: Max Goldt. Ansonsten aber traf ich bei den von mir besuchten Lesungen immer nur auf die gleiche Mischung aus gepflegter Borniertheit und gequälter Langweile.

Übrigens klaue ich bloß zwei Dinge. Erstens, wie schon erwähnt Bücher. Aber einzig entweder verbilligte Mängelexemplare oder aber Bücher von wohlhabenden oder toten Autoren aus renommierten Verlagen. Mein Ehrenkodex verbietet es, mir Werke von kleineren Verlagen oder unbekannteren Schriftstellern kostenlos anzueignen, da ich diese zumeist durch meinen Kauf, soweit wie es in meiner Macht steht, unterstützen will. Außerdem stehle ich prinzipiell keine Comics, was ich zwar als Kind tat, wovon ich jedoch im Laufe meines Heranreifens Abstand genommen habe, da die meisten meiner bevorzugten Comichefte sowieso nur in kleinen und kleinsten Verlagen erscheinen. Des weiteren klaue ich sporadisch in meinem Augen überflüssige und überteuerte Dinge des alltäglichen Lebens, hauptsächlich also Rasierklingen. Die sinnloseste Schöpfung am Manne ist sein Bartwuchs! Warum wächst etwas an mir, allein zu dem Zweck, entfernt zu werden? Und warum soll ein ganzer Industriezweig von meiner körperlichen Schwäche profitieren? Ich halte diese Branche moralisch für noch verwerflicher als die Rüstungsindustrie. Ich hasse das Rasieren und sehe nicht ein, dafür auch noch zu bezahlen. Deshalb stehle ich seit jüngstem diese sündhaft teuren Markenklingen (Wilkinson Protector), nachdem ich jahrelang immer allein die billigen Einmalrasierer (Wilkinson Bic) kaufte, die schlechterdings meine Haut in arge Mitleidenschaft zogen. Glücklicherweise schenkt mir mein Stiefvater bei beinah jedem unserer Treffen einen neuen, unbenutzten Behälter Rasierschaum und vereitelt so unwissend eine weitere, möglicherweise von mir begangene Straftat. In meiner Schulzeit beging ich überdies regelmäßig Mundraub, das heißt, daß ich in meinen Freistunden den nahegelegenen Supermarkt aufsuchte, durch die Einkaufsreihen schlenderte und hier und da Süßigkeitenverpackungen aufriß und mich bei meinen ziellosen Gängen durch den Laden immer wieder an diesen reichhaltig bediente und mir die Kalorienbomben – hauptsächlich Weingummi, Negerküsse, Eis und Pralinen – von allen Blicken unbemerkt in den Mund stopfte. Da mein Leibesumfang jedoch in den letzten Jahren auch ohne Süßigkeiten beängstigende Ausmaße annahm, habe ich dieses Ritual aufgegeben.

Nach dem Besuch der Borbecker Innenstadt schlenderte ich zum dortigen Bahnhof und wartete auf den Bus, der mich nach Hause bringen sollte. Auf der anschließenden Heimfahrt kam mir die Idee zu diesem Text.

In meiner Wohnung angekommen, ging dann alles ganz schnell. Ich fütterte Tibor und Moritz, verstaute mein Diebesgut, staffierte meinen Arbeitsplatz mit einem nichtalkoholischen Getränk und etlichen Zigaretten aus und schaltete den Computer ein. Etwa gegen achtzehn Uhr setzte ich mich vor den Bildschirm und begann mit der Abfassung dieses Textes, die ich nur für kurze Toilettengänge und das Aufzeichnen der heutigen „Akte X"-Folge unterbrach.

Dieser Tag und damit auch seine geraffte Wahrheit nähern sich dem Ende. Die restlichen verbleibenden Minuten werde ich wohl mit den Korrekturen dieses Texts verbringen. Etwas Unvorhergesehenes wird heute wahrscheinlich nicht mehr passieren; falls wider Erwarten doch, werde ich Sie natürlich davon in Kenntnis setzen. Tanja erwarte ich erst nach Mitternacht zurück, da sie nach ihrem Arbeitsschluß noch eine Freundin besuchen wollte. Wahrscheinlich werde ich bei ihrer Rückkehr schon schlafen, denn schließlich ist morgen auch noch ein Tag.

Von diesem Tag zurück bleibt ein Stück Literatur, das hoffentlich ein anderes Urteil erntet, als jenes von Marcel Thébaudet über Drieu La Rochelle: „Da er sich wenig und schlecht mit anderen verständigte, hat er immer nur eine Gestalt, sich selbst, darstellen können. An Talent fehlte es ihm nicht, sein Stil hatte Spannweite und Kraft; aber seine Bücher wiesen die gleiche Kurve wie sein Leben auf: sie begannen kraftvoll, um sich dann in leeren Mäandern zu verlieren."